ALAIN ROBBE-GRILLET

INSTANTANÉS

LES EDITIONS DE MINUIT

© 1962 by LES ÉDITIONS DE MINUIT
7, rue Bernard-Palissy — 75006 Paris
Tous droits réservés pour tous pays
ISBN 2-7073-0087-X

INSTANTANÉS

TROIS VISIONS REFLECHIES

LE MANNEQUIN

La cafetière est sur la table.

C'est une table ronde à quatre pieds, recouverte d'une toile cirée à quadrillage rouge et gris sur un fond de teinte neutre, un blanc jaunâtre qui peut-être était autrefois de l'ivoire — ou du blanc. Au centre, un carreau de céramique tient lieu de dessous de plat ; le dessin en est entièrement masqué, du moins rendu méconnaissable, par la cafetière qui est posée dessus.

9

La cafetière est en faïence brune. Elle est formée d'une boule, que surmonte un filtre cylindrique muni d'un couvercle à champignon. Le bec est un S aux courbes atténuées, légèrement ventru à la base. L'anse a, si l'on veut, la forme d'une. oreille, ou plutôt de l'ourlet extérieur d'une oreille ; mais ce serait une oreille mal faite, trop arrondie et sans lobe, qui aurait ainsi la forme d'une « anse de pot ». Le bec. l'anse et le champignon du couvercle sont de couleur crème. Tout le reste est d'un brun clair très uni, et brillant.

Il n'y a rien d'autre, sur la table, que la toile cirée, le dessous de plat et la cafetière.

A droite, devant la fenêtre, se dresse le mannequin.

Derrière la table, le trumeau de cheminée porte un grand miroir rectangulaire dans lequel on aperçoit la moitié de la fenêtre (la moitié droite) et, sur la gauche (c'est-à-dire du côté droit de la fenêtre), l'image de l'armoire à glace. Dans la glace de l'armoire on voit à nouveau la fenêtre, tout entière cette fois-ci, et à l'endroit (c'est-à-dire le battant droit à droite et le gauche du côté gauche).

Il y a ainsi au-dessus de la cheminée trois moitiés de fenêtre qui se succèdent, presque sans solution de continuité, et qui sont respectivement (de gauche à droite) : une moitié gauche à l'endroit, une moitié droite à l'endroit et une moitié droite à l'envers. Comme l'armoire est juste dans l'angle de la pièce et s'avance jusqu'à l'extrême bord de la fenêtre, les deux moitiés droites de celle-ci se trouvent seulement séparées par un étroit montant d'armoire, qui pourrait être le bois de milieu de la fenêtre (le montant droit du battant gauche joint au montant gauche du battant droit). Les trois vantaux laissent apercevoir, pardessus le brise-bise, les arbres sans feuilles du jardin.

La fenêtre occupe, de cette façon, toute la surface du miroir, sauf la partie supérieure où se voient une bande de plafond et le haut de l'armoire à glace.

On voit encore dans la glace, au-dessus de la cheminée, deux autres mannequins : l'un devant le premier battant de fenêtre, le plus étroit, tout à fait sur la gauche, et l'autre devant le troisième (celui qui est le plus à droite). Ils ne font face ni l'un ni l'autre ; celui de droite montre son flanc droit ; celui de gauche, légèrement plus petit, son flanc gauche. Mais il est difficile de le préciser à première vue, car les deux images sont orientées de la même manière et semblent donc toutes les deux montrer le même flanc — le gauche probablement.

Les trois mannequins sont alignés. Celui du milieu, situé du côté droit de la glace et dont la taille est intermédiaire entre celles des deux autres, se trouve exactement dans la même direction que la cafetière qui est posée sur la table.

Sur la partie sphérique de la cafe-

tière brille un reflet déformé de la
fenêtre, une sorte de quadrilatère dont
les côtés seraient des arcs de cercle.
La ligne formée par les montants de
bois, entre les deux battants, s'élar-
git brusquement vers le bas en une
tache assez imprécise. C'est sans doute
encore l'ombre du mannequin.

La pièce est très claire, car la fenêtre est exceptionnellement large, bien
qu'elle n'ait que deux vantaux.

Une bonne odeur de café chaud
vient de la cafetière qui est sur la
table.

Le mannequin n'est pas à sa place :
on le range d'habitude dans l'angle de
la fenêtre, du côté opposé à l'armoire
à glace. L'armoire a été placée là pour
faciliter les essayages.

Le dessin du dessous de plat repré-
sente une chouette, avec deux grands
yeux un peu effrayants. Mais, pour
le moment, on ne distingue rien, à
cause de la cafetière.

LE REMPLAÇANT

L'étudiant prit un peu de recul et leva la tête vers les branches les plus basses. Puis il fit un pas en avant, pour essayer de saisir un rameau qui semblait à sa portée ; il se haussa sur la pointe des pieds et tendit la main aussi haut qu'il put, mais il ne réussit pas à l'atteindre. Après plusieurs tentatives infructueuses, il parut y renoncer. Il abaissa le bras et continua seulement à fixer des yeux quelque chose dans le feuillage.

Ensuite il revint au pied de l'arbre, où il se posta dans la même position que la première fois : les genoux légèrement fléchis, le buste courbé vers la droite et la tête inclinée sur l'épaule. Il tenait toujours sa serviette de la main gauche. On ne voyait pas l'autre main, de laquelle il s'appuyait sans doute au tronc, ni le visage qui était presque collé contre l'écorce, comme pour en examiner de très près quelque détail, à un mètre cinquante du sol environ.

L'enfant s'était de nouveau arrêté dans sa lecture, mais cette fois-ci il devait y avoir un point, peut-être même un alinéa, et l'on pouvait croire qu'il faisait un effort pour marquer la fin du paragraphe. L'étudiant se redressa pour inspecter l'écorce un peu plus haut.

Des chuchotements s'élevaient dans la classe. Le répétiteur tourna la tête et vit que la plupart des élèves avaient les yeux levés, au lieu de suivre la lecture sur le livre ; le lecteur lui-même regardait vers la chaire d'un air vaguement interrogateur, ou craintif. Le répétiteur prit un ton sévère :

« Qu'est-ce que vous attendez pour continuer ? »

Toutes les figures s'abaissèrent en silence et l'enfant reprit, de la même voix appliquée, sans nuance et un peu trop lente, qui donnait à tous les mots une valeur identique et les espaçait uniformément :

« Dans la soirée, Joseph de Hagen, un des lieutenants de Philippe, se rendit donc au palais de l'archevêque pour une prétendue visite de courtoisie. Comme nous l'avons dit les deux frères... »

De l'autre côté de la rue, l'étudiant scrutait à nouveau les feuilles basses. Le répétiteur frappa sur le bureau du plat de sa main :

« Comme nous l'avons dit, virgule, les deux frères... »

Il retrouva le passage sur son propre livre et lut en exagérant la ponctuation :

« Reprenez : « Comme nous l'avons
» dit, les deux frères s'y trouvaient
» déjà, afin de pouvoir, le cas échéant,
» se retrancher derrière cet alibi... »
et faites attention à ce que vous li-
sez. »

Après un silence, l'enfant recom-
mença la phrase :

« Comme nous l'avons dit, les deux
frères s'y trouvaient déjà, afin de pouvoir, le cas échéant, se retrancher derrière cet alibi — douteux en vérité,
mais le meilleur qui leur fût permis
dans cette conjoncture — sans que
leur méfiant cousin... »

La voix monotone se tut brusquement, au beau milieu de la phrase.
Les autres élèves, qui relevaient déjà
la tête vers le pantin de papier sus-
pendu au mur, se replongèrent aussitôt dans leurs livres. Le répétiteur ra-
mena les yeux de la fenêtre jusqu'au
lecteur, assis du côté opposé, au premier rang près de la porte.

« Eh bien, continuez ! Il n'y a
pas de point. Vous avez l'air de ne

rien comprendre à ce que vous li-
sez ! »

L'enfant regarda le maître, et au-
delà, un peu sur la droite, le pantin
de papier blanc.

« Est-ce que vous comprenez, oui
ou non ?

— Oui, dit l'enfant d'une voix
mal assurée.

— Oui, monsieur, corrigea le répétiteur.

— Oui, monsieur », répéta l'enfant.

Le répétiteur regarda le texte dans
son livre et demanda :

« Que signifie pour vous le mot
« alibi » ? »

L'enfant regarda le bonhomme de
papier découpé, puis le mur nu, droit
devant lui, puis le livre sur son pupi-
tre ; et de nouveau le mur, pendant
près d'une minute.

« Eh bien ?

— Je ne sais pas, monsieur », dit
l'enfant.

Le répétiteur passa lentement la

classe en revue. Un élève leva la main, près de la fenêtre du fond. Le maître tendit un doigt vers lui, et le garçon se leva de son banc :

« C'est pour qu'on croie qu'ils étaient là, monsieur.

— Précisez. De qui parlez-vous ?

— Des deux frères, monsieur.

— Où voulaient - ils faire croire qu'ils étaient ?

— Dans la ville, monsieur, chez l'archevêque.

— Et où étaient-ils en réalité ? »

L'enfant réfléchit un moment avant de répondre.

« Mais ils y étaient vraiment, monsieur, seulement ils voulaient s'en aller ailleurs et faire croire aux autres qu'ils étaient encore là. »

Tard dans la nuit, dissimulés sous des masques noirs et enveloppés d'immenses capes, les deux frères se laissent glisser le long d'une échelle de corde au-dessus d'une ruelle déserte.

Le répétiteur hocha la tête plusieurs fois, sur le côté, comme s'il approuvait à demi. Au bout de quelques secondes, il dit : « Bon. »

« Maintenant vous allez nous résumer tout le passage, pour vos camarades qui n'ont pas compris. »

L'enfant regarda vers la fenêtre. Ensuite il posa les yeux sur son livre, pour les relever bientôt en direction de la chaire :

« Où faut-il commencer, monsieur ?

— Commencez au début du chapitre. »

Sans se rasseoir, l'enfant tourna les pages de son livre et, après un court silence, se mit à raconter la conjuration de Philippe de Cobourg. Malgré de fréquentes hésitations et reprises, il le faisait de façon à peu près cohérente. Cependant il donnait beaucoup trop d'importance à des faits secondaires et, au contraire, mentionnait à peine, ou même pas du tout, certains événements de premier plan. Comme, par surcroît, il insistait plus volontiers sur les actes que sur leurs causes politiques, il aurait été bien difficile à un

auditeur non averti de démêler les rai-
sons de l'histoire et les liens qui unis-
saient les actions ainsi décrites entre
elles comme avec les différents person-
nages. Le répétiteur déplaça insensiblement son regard le long des fenêtres. L'étudiant était revenu sous la
branche la plus basse ; il avait posé
sa serviette au pied de l'arbre et sau-
tillait sur place en levant un bras.
Voyant que tous ses efforts étaient
vains, il resta de nouveau immobile,
à contempler les feuilles inaccessibles.
Philippe de Cobourg campait avec ses
mercenaires sur les bords du Neckar.
Les écoliers, qui n'étaient plus censés
suivre le texte imprimé, avaient tous
relevé la tête et considéraient sans
rien dire le pantin de papier accroché
au mur. Il n'avait ni mains ni pieds,
seulement quatre membres grossièrement découpés et une tête ronde, trop
grosse, où était passé le fil. Dix centimètres plus haut, à l'autre bout du fil,
on voyait la boulette de buvard mâ-
ché qui le retenait.

Mais le narrateur s'égarait dans des détails tout à fait insignifiants et le maître finit par l'interrompre :

« C'est bien, dit-il, nous en savons assez comme ça. Asseyez-vous et reprenez la lecture en haut de la page : « Mais Philippe et ses partisans... »

Toute la classe, avec ensemble, se pencha vers les pupitres, et le nouveau lecteur commença, d'une voix aussi inexpressive que son camarade, bien que marquant avec conscience les virgules et les points :

« Mais Philippe et ses partisans ne l'entendaient pas de cette oreille. Si la majorité des membres de la Diète — ou même seulement le parti des barons — renonçaient ainsi aux prérogatives accordées, à lui comme à eux, en récompense de l'inestimable soutien qu'ils avaient apporté à la cause archiducale lors du soulèvement, ils ne pourraient plus dans l'avenir, ni eux ni lui, demander la mise en accusation d'aucun nouveau suspect, ou la suspension sans jugement de ses droits seigneuriaux. Il fallait à tout prix que ces pourparlers, qui lui paraissaient engagés de façon si défavorable à sa cause, fussent interrompus avant la date fatidique. Dans la soirée, Joseph de Hagen, un des lieutenants de Philippe, se rendit donc au palais de l'archevêque, pour une prétendue visite de courtoisie. Comme nous l'avons dit, les deux frères s'y trouvaient déjà... »

Les visages restaient sagement penchés sur les pupitres. Le répétiteur tourna les yeux vers la fenêtre. L'étudiant était appuyé contre l'arbre, absorbé dans son inspection de l'écorce. Il se baissa très lentement, comme pour suivre une ligne tracée sur le tronc — du côté qui n'était pas visible depuis les fenêtres de l'école. A un mètre cinquante du sol, environ, il arrêta son mouvement et inclina la tête sur le côté, dans la position exacte qu'il occupait auparavant. Une à une, dans la classe, les figures se relevèrent.

Les enfants regardèrent le maître, puis les fenêtres. Mais les carreaux du bas étaient dépolis et, au-dessus, ils ne pouvaient apercevoir que le haut des arbres et le ciel. Contre les vitres, il n'y avait ni mouche ni papillon. Bientôt tous les regards contemplèrent de nouveau le bonhomme en papier blanc.

LA MAUVAISE DIRECTION

Les eaux de pluie se sont accumu-
lées au creux d'une dépression sans
profondeur, formant au milieu des arbres une vaste mare, grossièrement
circulaire, d'une dizaine de mètres environ de diamètre. Tout autour, le sol
est noir, sans la moindre trace de vé-
gétation entre les troncs hauts et
droits. Il n'y a, dans cette partie de
la forêt, ni taillis ni broussailles. La
terre est seulement couverte d'un feu-
trage uni, fait de brindilles et de
feuilles réduites à leurs nervures, d'où

émergent à peine par endroits quelques plaques de mousse, à demi décomposée. En haut des fûts, les branches nues se découpent avec netteté sur le ciel.

L'eau est transparente, bien que de couleur brunâtre. De menus débris tombés des arbres — branchettes, graines vidées, lambeaux d'écorce — se sont rassemblés au fond de la cuvette et y macèrent depuis le début de l'hiver. Mais aucun de ces fragments ne flotte, ni ne vient crever la surface, qui est uniformément libre et polie. Il n'y a pas le plus léger souffle de vent pour en troubler l'immobilité.

Le temps s'est éclairci. C'est la fin du jour. Le soleil est bas, sur la gauche, derrière les troncs. Ses rayons faiblement inclinés dessinent, sur toute la surface de la mare, d'étroites bandes lumineuses alternant avec des bandes sombres plus larges.

Parallèlement à ces raies, une rangée de gros arbres s'aligne au bord de l'eau, sur la rive d'en face ; cylindres parfaits, verticaux, sans branches basses, ils se prolongent vers le bas en une image très brillante, beaucoup plus contrastée que le modèle — qui par comparaison semble confus, peut-être même un peu flou. Dans l'eau noire, les fûts symétriques luisent comme s'ils étaient recouverts d'un vernis. Un trait de lumière raffermit encore leur contour du côté du couchant.

Pourtant ce paysage admirable est non seulement renversé, mais discontinu. Les rais de soleil qui hachurent tout le miroir coupent l'image de lignes plus claires, espacées régulièrement et perpendiculaires aux troncs réfléchis ; la vision s'y trouve comme voilée par l'éclairage intense, qui révèle d'innombrables particules en suspension dans la couche superficielle de l'eau. Ce sont les zones d'ombre seules, où ces fines particules sont invisibles, qui frappent par leur éclat. Chaque tronc est ainsi interrompu, à intervalles sensiblement égaux, par une série de bagues douteuses (qui ne sont pas sans rappeler l'original), donnant à toute cette portion de forêt « en profondeur » l'aspect d'un quadrillage.

À portée de la main, tout près de la rive méridionale, les branches du reflet se raccordent à de vieilles feuilles immergées, rousses mais encore entières, dont la dentelure intacte se détache sur le fond de vase — des feuilles de chêne.

Un personnage, qui marche sans faire aucun bruit sur le tapis d'humus, est apparu sur la droite, se dirigeant vers l'eau. Il s'avance jusqu'au bord et s'arrête. Comme il a le soleil juste dans les yeux, il doit faire un pas de côté pour se protéger la vue.

Il aperçoit alors la surface rayée de la mare. Mais, pour lui, le reflet des troncs se confond avec leur ombre — partiellement du moins, car les arbres qu'il a devant soi ne sont pas bien rectilignes. Le contre-jour continue d'ailleurs à l'empêcher de rien distinguer de net. Et il n'y a sans doute pas de feuilles de chêne à ses pieds.

C'était là le but de sa promenade. Ou bien s'aperçoit-il, à ce moment, qu'il s'est trompé de route ? Après quelques regards incertains aux alentours, il s'en retourne vers l'est à travers bois, toujours silencieux, par le chemin qu'il avait pris pour venir.

De nouveau la scène est vide. Sur la gauche, le soleil est toujours à la même hauteur ; la lumière n'a pas changé. En face, les fûts droits et lisses se reflètent dans l'eau sans ride, perpendiculairement aux rayons du couchant.

Au fond des bandes d'ombre, resplendit l'image tronçonnée des colonnes, inverse et noire, miraculeusement lavée.

(1954.)

29

LE CHEMIN DU RETOUR

Une fois franchie la ligne de rochers qui jusque-là nous barrait la vue, nous avons aperçu de nouveau la terre ferme, la colline au bois de pins, les deux maisonnettes blanches et le bout de route en pente douce par où nous étions arrivés. Nous avions fait le tour de l'île.

Cependant, si nous reconnaissions sans peine le paysage du côté de la terre, il n'en allait pas de même pour l'étroit bras de mer qui nous séparait d'elle, ni surtout pour la rive où nous nous trouvions. Aussi nous fallut-il plusieurs minutes pour comprendre avec certitude que le passage était coupé.

Nous aurions dû le voir du premier coup d'œil. La route, creusée à flanc de coteau, descendait parallèlement au rivage et, au niveau de la grève, se raccordait par un coude brusque vers la droite avec une sorte de digue en pierre, assez large pour une voiture, qui permettait à marée basse de franchir à pied sec le détroit. Au coude, il y avait un haut talus soutenu par un muretin, où venait buter la route ; vu de l'endroit que nous occupions maintenant, il dissimulait aux regards l'amorce de la digue. Le reste de celle-ci était recouvert par l'eau. C'est seulement le changement de point de vue qui nous avait un instant déconcertés : nous étions cette fois dans l'île et par surcroît nous arrivions dans le sens opposé, marchant en direction du nord alors que le bout de route se trouve orienté vers le sud.

Du sommet de la côte, juste après

le tournant que marquent trois ou quatre pins détachés du petit bois, on a devant soi la route qui descend jusqu'à la digue, avec le bras de mer à main droite et l'île, qui n'est pas encore tout à fait une île. L'eau, calme comme celle d'un étang, arrive presque en haut de la chaussée de pierre, dont la surface brune et lisse présente le même aspect usé que les roches avoisinantes. De fines algues moussues, à demi décolorées par le soleil, la tachent de plaques verdâtres — preuve d'immersions fréquentes et prolongées. A l'autre bout de la digue, comme de ce côté-ci, la chaussée se relève insensiblement pour rejoindre le chemin de terre qui traverse l'îlot ; mais, sur cette rive, la route est ensuite toute plate et forme avec la digue un angle très ouvert. Bien qu'il n'y ait pas de talus pour en justifier la présence, un muretin — symétrique de celui-ci — protège encore le côté gauche du passage, depuis le début de la remontée jusqu'à la limite supérieure de la

grève — là où les galets inégaux cè-
dent la place aux broussailles. La végé-
tation de l'île semble encore plus des-
séchée que celle, déjà poussiéreuse et
jaunie, qui nous entoure.

Nous descendons la route à flanc
de coteau, en direction de la digue.
Deux maisonnettes de pêcheurs la
bordent sur la gauche ; les façades en
sont crépies à neuf et fraîchement
blanchies à la chaux ; seules demeurent apparentes les pierres de taille
qui encadrent les ouvertures — une
porte basse et une petite fenêtre car-
rée. Fenêtres et portes sont closes, les
vitres masquées par des volets de bois
pleins, peints d'un bleu éclatant.

Plus bas le bord du chemin, taillé
dans le sol de la colline, laisse voir
une paroi verticale d'argile jaune, de
la hauteur d'un homme, interrompue
de place en place par des bandes
schisteuses aux cassures hérissées
d'arêtes vives ; une haie irrégulière de
ronce et d'aubépine couronne l'ensemble, coupant la vue vers la lande et

le bois de pins. Sur notre droite, au contraire, la route n'est bordée que par un étroit talus, haut comme une ou deux marches à peine, si bien que le regard y plonge directement sur les rochers de la plage, l'eau immobile du détroit, la digue de pierre et la petite île.

L'eau arrive presque au niveau de la chaussée. Il nous faudra faire vite. En quelques enjambées nous achevons la descente.

La digue fait un angle droit avec la route ; celle-ci se trouve ainsi buter à son extrémité contre un pan de terre jaune, triangulaire, marquant la fin de l'entaille ouverte au flanc de la colline ; la base en est protégée par un muretin qui se prolonge vers la droite nettement au-delà de la pointe du triangle, le long de la chaussée de pierre, où il forme comme un début de parapet. Mais il s'interrompt au bout de quelques mètres, en même temps que la pente s'atténue pour rejoindre la partie médiane de la digue

— horizontale et polie par la mer.

Arrivés là, nous hésitons à poursuivre. Nous regardons l'île, devant nous, essayant d'estimer le temps qu'il nous faudra pour en faire le tour. Il y a bien le chemin de terre qui la traverse, mais de cette façon-là ça n'en vaut pas la peine. Nous regardons l'île devant nous et, à nos pieds, les pierres du passage, brunes et lisses, recouvertes par endroit d'algues verdâtres à demi desséchées. L'eau arrive presque à leur niveau. Elle est calme comme celle d'un étang. On ne la voit pas monter ; on en a cependant l'impression à cause des lignes de poussières qui se déplacent lentement à sa surface, entre les touffes de varech.

— Nous ne pourrons plus revenir, dit Franz.

L'île, contemplée de près et du ras de l'eau, semble beaucoup plus élevée que tout à l'heure — beaucoup plus vaste aussi. Nous regardons à nouveau les petites lignes grises qui avancent avec une lenteur régulière et s'enroulent en volutes entre les affleurements des goémons. Legrand dit :

— Elle ne monte pas si vite.

— Alors, dépêchons-nous.

Nous partons d'un bon pas. Mais aussitôt le détroit franchi, nous quittons la chaussée pour descendre à droite sur la plage qui borde l'îlot et continuer en longeant la mer ; là un sol inégal, semé de rochers et de trous, rend la marche plus difficile — et moins rapide que nous ne l'avions escompté.

Une fois engagés dans cette voie, nous ne voulons plus rebrousser chemin. Pourtant les rochers se font plus nombreux et plus importants à mesure que nous progressons. Nous devons, à plusieurs reprises, gravir de véritables barres, qui pénètrent loin dans la mer et ne peuvent donc être contournées. Ailleurs il nous faut traverser des zones relativement planes, mais où les pierres sont couvertes d'algues glissantes, qui nous font perdre encore plus de temps. Franz répète que nous

n'allons plus pouvoir repasser l'eau.
En réalité il est impossible de se ren-
dre compte de la vitesse à laquelle elle
monte, puisque nous n'avons pas le
temps de nous arrêter pour contrôler.
Elle est peut-être étale.

Il est difficile également de savoir
quelle fraction du circuit nous avons
déjà parcourue, car des pointes de
terre se dressent toujours devant nos
yeux et une échancrure succède à l'autre sans nous fournir le moindre re-
père. D'ailleurs le souci de ne pas
perdre une minute dans un terrain
si malaisé accapare toute l'attention
— et le paysage disparaît, laissant la
place à quelques fragments agressifs :
un trou d'eau à éviter, une série de
pierres branlantes, un amas de varech
dissimulant on ne sait quoi, une ro-
che à escalader, un autre trou bordé
d'algues visqueuses, du sable couleur
de vase qui s'enfonce profondément
sous les pieds — comme pour les retenir.

Enfin après une dernière ligne de

rochers, qui depuis longtemps nous barrait la vue, nous avons aperçu de nouveau la terre ferme, la colline au bois de pins, les deux maisonnettes blanches et le bout de route en pente douce par où nous étions arrivés.

Nous n'avons pas compris tout de suite où se trouvait la digue. Nous n'avions plus, entre la côte et nous, qu'un bras de mer où l'eau s'écoulait avec violence, vers notre droite, créant en plusieurs points des rapides et des remous. Le rivage de l'île lui-même paraissait changé : c'était à présent une grève noirâtre, dont la surface sensiblement horizontale luisait d'innombrables flaques, profondes au plus de quelques centimètres. Contre une courte jetée de bois une barque était amarrée.

Le sentier qui débouchait à cet endroit sur la plage ne ressemblait pas au chemin de terre dont nous gardions le souvenir. Nous n'avions remarqué, auparavant, la présence d'aucune barque. Quant à la jetée servant

d'embarcadère, elle ne pouvait rien
avoir de commun avec la digue que
nous avions empruntée à l'aller.

Il nous a fallu plusieurs minutes
pour découvrir, à trente mètres en
avant, les deux muretins qui consti-
tuaient aux extrémités du passage une
amorce de parapet. La chaussée entre
eux avait disparu. L'eau s'y précipitait
en tumulte laiteux. Les bouts relevés
de la digue émergeaient certainement,
mais les deux petits murs suffisaient
à les masquer. On ne voyait pas non
plus le bas de la route qui tournait à
angle droit, derrière le talus, pour se
raccorder aux pierres de la chaussée.
Une fois de plus nous regardons à nos
pieds les lignes de poussière grise qui
avancent avec une lenteur régulière et
s'enroulent en volutes entre les affleurements des goémons.

Mis à part ce mouvement quasi
imperceptible à sa surface, l'eau est
calme comme celle d'un étang. Mais
déjà elle arrive presque au niveau de
la digue, alors que de l'autre côté il

s'en faut encore d'au moins trente centimètres. La mer monte en effet beaucoup plus vite dans le cul-de-sac le plus rapproché de l'entrée du golfe. Quand l'obstacle que lui oppose la digue est surmonté, la brusque dénivellation doit produire un courant qui rend aussitôt le passage impossible.

— Nous ne pourrons plus revenir, dit Franz.

C'est Franz qui a parlé le premier.

— J'avais bien dit que nous ne pourrions plus revenir.

Personne ne lui a répondu. Nous avons dépassé la petite jetée ; l'inutilité de sauter le muretin pour tenter la traversée sur la digue était évidente — non que la profondeur y fût déjà si grande, mais la puissance du flot nous aurait fait perdre l'équilibre et entraînés à l'instant hors du gué. De près, on voyait nettement la dénivellation ; au-dessus, l'eau était tout à fait lisse et en apparence immobile ; puis elle s'incurvait brusquement d'une rive à l'autre en une barre cylindrique, à peine ondulée par endroit, dont l'écoulement était si régulier qu'il donnait encore en dépit de sa vitesse l'impression du repos — d'un arrêt fragile dans le mouvement, comme les instantanés permettent d'en admirer : un caillou qui va crever la tranquillité d'une mare, mais que la photographie a figé dans sa chute à quelques centimètres de la surface.

Ensuite seulement commençait une série de ressauts, de trous et de tourbillons dont la couleur blanchâtre indiquait assez le désordre. Pourtant, là aussi, c'était dans une certaine mesure un désordre fixe, où les crêtes et les chaos occupaient sans cesse la même place et conservaient la même forme, si bien qu'on pouvait les croire immobilisés par le gel. Toute cette violence n'avait pas en somme un visage tellement différent de celui — guère plus sournois — des petites lignes grises entre les touffes de varech, que notre conversation coupée de silences tente d'exorciser :

— Nous ne pourrons plus revenir.

— Elle ne monte pas si vite.

— Alors dépêchons-nous.

— Qu'est-ce que vous croyez découvrir de l'autre côté ?

— Faisons le tour sans nous arrêter, ça ne sera pas long.

— Nous ne pourrons plus revenir.

— Elle ne monte pas si vite ; nous avons le temps de faire le tour.

En nous retournant nous avons aperçu l'homme, debout près de la barque sur la petite jetée. Il regardait dans notre direction — presque, du moins, car il avait plutôt l'air d'observer une chose située un peu sur notre gauche, au milieu de l'écume.

Nous sommes revenus vers lui et, avant que nous ne lui ayons adressé la parole, il a dit :

— Vous voulez traverser.

Ce n'était pas une question ; sans attendre de réponse il est descendu dans le canot. Nous nous sommes installés aussi, comme nous avons pu. Il y avait juste assez de place pour nous

trois et l'homme, qui ramait à l'avant.
Celui-ci aurait dû nous faire face, mais
il avait préféré s'asseoir dans le même
sens que nous, vers la proue, ce qui
l'obligeait à ramer à l'envers, dans
une position assez malcommode.

A cette distance de la digue les remous étaient encore sensibles. Pour
lutter contre le courant l'homme devait donner à ses efforts — et à son
embarcation — une orientation très
oblique par rapport à sa marche. Malgré ses vigoureux coups de rame, nous
n'avancions d'ailleurs qu'à une allure
dérisoire. Même, au bout d'un certain
temps, il nous a semblé que toute sa
force ne réussissait plus qu'à nous
maintenir immobiles.

Legrand a prononcé une petite phrase
polie sur le dur travail que notre im-
prudence imposait à ce malheureux ; il
n'a pas obtenu de réponse. Pensant
que peut-être l'homme n'avait pas entendu, Franz s'est penché en avant
pour demander si nous n'avions vraiment aucune chance de passer à pied

le détroit. Ce fut sans plus de résultat. Le marin devait être sourd. Il
continuait de ramer avec la régularité
d'une machine, sans heurt et sans
changer sa route d'un degré, comme
s'il voulait atteindre, non pas le débar-
cadère de bois qui faisait pendant
sur la plage d'en face à celui d'où
nous étions partis, mais une région
tumultueuse plus au nord, vers le
point de départ de la digue, à l'endroit
où un groupe de rochers terminait le
talus broussailleux derrière lequel se
trouvait le bout de route en pente
douce et ses deux maisonnettes blanches, le brusque tournant à l'abri du
muretin, la chaussée de pierre tachée
de plaques moussues, l'eau tranquille
comme celle d'un étang, avec ses touffes de goémons qui affleurent par
place et ses lignes de poussière grise,
qui s'enroulent imperceptiblement en
spirales.

(1954.)

SCENE

Quand le rideau s'ouvre, la première chose que l'on aperçoit depuis la salle — entre les pans de velours rouge qui s'écartent avec lenteur — la première chose que l'on aperçoit est un personnage vu de dos, assis à sa table de travail au milieu de la scène vivement éclairée.

Il se tient immobile, ses deux coudes et ses avant-bras reposant sur le dessus de la table. Sa tête est tournée vers la droite — à quarante-cinq degrés environ — pas assez pour que l'on distingue les traits du visage, sauf un commencement de profil perdu : la joue, la tempe, l'arête du maxillaire, le bord de l'oreille...

On ne voit pas non plus ses mains, bien que l'attitude du personnage laisse deviner leur position respective : la gauche étalée à plat sur des feuilles éparses, l'autre serrant un porte-plume, relevé pour un instant de réflexion au-dessus du texte interrompu. De chaque côté sont empilés en désordre de gros livres, dont la forme et les dimensions sont celles de dictionnaires — de langue étrangère, sans doute — ancienne probablement.

La tête, tournée vers la droite, est dressée : le regard a quitté les livres et la phrase interrompue. Il est dirigé vers le fond de la pièce, à l'endroit où de lourds rideaux de velours rouge masquent, du plafond jusqu'au sol, quelque large baie vitrée. Les plis des rideaux sont verticaux et réguliers, très rapprochés les uns des autres, ménageant entre eux de profonds creux d'ombre...

Un bruit violent attire l'attention
à l'autre extrémité de la pièce : des
coups frappés contre un panneau de
bois, avec suffisamment de force et
d'insistance pour laisser comprendre
qu'ils se répètent, à ce moment, au
moins pour la seconde fois.

Cependant le personnage reste silencieux et immobile. Puis, sans bouger le buste, il fait pivoter sa tête,
lentement, vers la gauche. Son regard
levé décrit ainsi tout le mur qui cons-
titue le fond de la grande pièce, un
mur nu — c'est-à-dire sans aucun
meuble — mais recouvert de boiseries
sombres, depuis les rideaux rouges de
la fenêtre jusqu'au battant fermé d'une
porte de taille ordinaire, sinon petite.
Le regard s'y arrête, tandis que les
coups y retentissent de nouveau, si
violents que l'on croit voir trembler
le panneau de bois.

Les traits du visage demeurent
invisibles, malgré son changement
d'orientation. En effet, après une ro-
tation de quatre-vingt-dix degrés en-

viron, la tête occupe maintenant une position symétrique de celle du début, par rapport à l'axe commun de la pièce, de la table et de la chaise. On aperçoit donc, en profil perdu, l'autre joue, l'autre tempe, l'autre oreille, etc.

On frappe à la porte, encore une fois, mais plus faiblement, comme une supplication dernière — ou comme sans espoir, ou bien avec un calme retrouvé, ou manque d'assurance, ou n'importe quoi. Quelques secondes plus tard, on entend des pas lourds qui décroissent peu à peu dans un long corridor.

Le personnage tourne de nouveau la tête vers les rideaux rouges de droite. Il siffle, entre ses dents, quelques notes de ce qui doit être une phrase musicale — complainte populaire ou mélodie — mais déformée, discontinue, difficilement identifiable.

Puis, après une minute d'immobilité silencieuse, il ramène les yeux sur son ouvrage.

La tête se baisse. Le dos s'arrondit.

Le dossier de la chaise est formé
d'un cadre rectangulaire, que viennent
compléter deux barres verticales, sup-
portant, au centre, un carré de bois
plein. On entend, plus faibles, plus
disloquées encore, quelques mesures
du refrain, sifflées entre les dents.

Brusquement le personnage relève
la tête en direction de la porte et s'immobilise, le cou tendu. Il reste ainsi
de longues secondes — comme aux
aguets. Cependant, de la salle, on ne
perçoit pas le moindre bruit.

Le personnage se met debout avec
précaution, écarte sa chaise en évitant
de la faire traîner ou heurter le sol,
se met en marche à pas muets vers
les rideaux de velours. Il en écarte
légèrement le bord extérieur, du côté
droit, et regarde au dehors dans la
direction de la porte (vers la gauche).
On distinguerait donc, à ce moment,
son profil gauche, s'il ne se trouvait
masqué par le pan d'étoffe rouge que
la main ramène contre la joue. En re-
vanche on peut voir maintenant, sur

la table, les feuilles étalées de papier blanc.

Elles sont assez nombreuses et se recouvrent partiellement l'une l'autre. Les feuilles inférieures, dont les angles dépassent de tous les côtés de façon très irrégulière, sont hachurées par les lignes serrées d'une écriture soigneuse. Celle du dessus, la seule à être visible tout entière, n'est encore écrite qu'à moitié ; elle se termine, au milieu d'une ligne, par une phrase interrompue, sans aucun signe de ponctuation après le dernier mot.

A droite de cette feuille apparaît le bord de celle d'au-dessous : un triangle très allongé, dont la base mesure environ deux centimètres et dont la pointe aiguë s'avance vers la partie postérieure de la table — là où sont les dictionnaires.

Plus à droite encore, au-delà de cette pointe, mais dirigé vers le côté de la table, un autre coin de page dépasse de toute la largeur d'une main ; il présente également une forme

triangulaire, voisine celle-ci d'un demi-
carré (coupé suivant une diagonale).
Entre le sommet de ce dernier triangle et le dictionnaire le plus proche
est posé, sur le bois ciré de la table,
un objet blanchâtre gros comme le
poing : un caillou poli par l'usure,
creusé en une sorte de coupe très
épaisse — beaucoup plus épaisse que
creuse — aux contours irréguliers et
arrondis. Dans le fond de la dépression, un bout de cigarette est écrasé
au milieu des cendres. A son extrémité
non brulée, le papier porte des traces
très apparentes de rouge à lèvres.

Le personnage présent en scène, cependant, était de toute évidence un
homme : cheveux coupés courts, veste
et pantalon. Relevant les yeux, on
constate qu'il est maintenant debout
devant la porte, face à celle-ci, c'est-à-
dire tournant toujours le dos à la salle.
On dirait qu'il cherche à entendre
quelque chose, qui se passerait de
l'autre côté du panneau.

Mais aucun bruit ne parvient jusqu'à la salle. Sans se retourner, le personnage recule ensuite vers la rampe, tout en continuant de regarder la porte. Lorsqu'il arrive à proximité de la table, il pose la main droite sur le coin de celle-ci et...

« Moins vite », dit à ce moment une voix dans la salle. C'est quelqu'un, sans doute, qui parle dans un porte-voix, car les syllabes résonnent avec une ampleur anormale.

Le personnage s'arrête. La voix reprend :

« Moins vite, ce mouvement ! Recommencez à partir de la porte : vous faites d'abord un pas en arrière — un seul — et vous restez immobile pendant quinze ou vingt secondes. Puis vous poursuivez votre recul vers la table, mais beaucoup plus lentement. »

Le personnage est donc debout contre la porte, face à celle-ci, c'est-à-dire tournant toujours le dos. On dirait qu'il cherche à entendre quelque chose, qui se passerait de l'autre côté du panneau. Aucun bruit ne parvient jusqu'à la salle. Sans se retourner, le personnage fait un pas en arrière et s'immobilise à nouveau. Au bout d'un certain temps il reprend sa marche à reculons, vers la table où l'attend son ouvrage, très lentement, à petits pas réguliers et silencieux, tandis qu'il continue de fixer la porte du regard. Son déplacement est rectiligne, sa vitesse uniforme. Au-dessus des jambes que l'on voit à peine bouger, le buste reste parfaitement rigide, ainsi que les deux bras, tenus un peu écartés du corps et arqués.

Lorsqu'il arrive à proximité de la table, il pose la main droite sur le coin de celle-ci et, pour en longer le bord latéral gauche, change légèrement sa direction. En se guidant sur l'arête de bois, il progresse ainsi, maintenant, perpendiculairement à la rampe... puis, passé le coin, parallèlement à celle-ci... et il se rassoit sur sa chaise, masquant de son large dos les feuilles de papier étalées devant lui.

Il regarde les feuilles de papier, puis les rideaux rouges de la fenêtre,

puis de nouveau la porte ; et, tourné
de ce côté il prononce quatre ou cinq
mots indistincts.

« Plus fort ! » dit le porte-voix dans
la salle.

« A présent, ici, ma vie, encore... »
prononce la voix naturelle — celle du
personnage sur la scène.

« Plus fort ! » dit le porte-voix.

« A présent, ici, ma vie, encore... »
répète le personnage en haussant le
ton.

Ensuite il se replonge dans son ouvrage.

(1955.)

LA PLAGE

Trois enfants marchent le long d'une grève. Il s'avancent, côte à côte, se tenant par la main. Ils ont sensiblement la même taille, et sans doute aussi le même âge : une douzaine d'années. Celui du milieu, cependant, est un peu plus petit que les deux autres.

Hormis ces trois enfants, toute la longue plage est déserte. C'est une bande de sable assez large, uniforme, dépourvue de roches isolées comme de trous d'eau, à peine inclinée entre la falaise abrupte, qui paraît sans issue, et la mer.

Il fait très beau. Le soleil éclaire le sable jaune d'une lumière violente,

verticale. Il n'y a pas un nuage dans
le ciel. Il n'y a pas, non plus, de vent.
L'eau est bleue, calme, sans la moindre
ondulation venant du large, bien que
la plage soit ouverte sur la mer libre,
jusqu'à l'horizon.

Mais à intervalles réguliers, une vague soudaine, toujours la même, née
à quelques mètres du bord, s'enfle
brusquement et déferle aussitôt, toujours sur la même ligne. On n'a pas
alors l'impression que l'eau avance,
puis se retire ; c'est, au contraire,
comme si tout ce mouvement s'exécu-
tait sur place. Le gonflement de l'eau
produit d'abord une légère dépression,
du côté de la grève, et la vague prend
un peu de recul, dans un bruissement
de graviers roulés ; puis elle éclate et
se répand, laiteuse, sur la pente, mais
pour regagner seulement le terrain
perdu. C'est à peine si une montée
plus forte, çà et là, vient mouiller un
instant quelques décimètres supplé-
mentaires.

Et tout reste de nouveau immobile,

la mer, plate et bleue, exactement arrêtée à la même hauteur sur le sable
jaune de la plage, où marchent côte
à côte les trois enfants.

Ils sont blonds, presque de la
même couleur que le sable : la peau
un peu plus foncée, les cheveux un
peu plus clairs. Ils sont habillés tous
les trois de la même façon, culotte
courte et chemisette, l'une et l'autre
en grosse toile d'un bleu délavé. Ils
marchent côte à côte, se tenant par la
main, en ligne droite, parallèlement à
la mer et parallèlement à la falaise,
presque à égale distance des deux, un
peu plus près de l'eau pourtant. Le
soleil, au zénith, ne laisse pas d'ombre
à leur pied.

Devant eux le sable est tout à fait
vierge, jaune et lisse depuis le rocher
jusqu'à l'eau. Les enfants s'avancent
en ligne droite, à une vitesse régulière,
sans faire le plus petit crochet, cal-

mes et se tenant par la main. Derrière eux le sable, à peine humide, est marqué des trois lignes d'empreintes laissées par leurs pieds nus, trois successions régulières d'empreintes semblables et pareillement espacées, bien creuses, sans bavures.

Les enfants regardent droit devant eux. Ils n'ont pas un coup d'œil vers la haute falaise, sur leur gauche, ni vers la mer dont les petites vagues éclatent périodiquement, sur l'autre côté. A plus forte raison ne se retournent-ils pas, pour contempler derrière eux la distance parcourue. Ils poursuivent leur chemin, d'un pas égal et rapide.

Devant eux, une troupe d'oiseaux de mer arpente le rivage, juste à la limite des vagues. Ils progressent parallèlement à la marche des enfants, dans le même sens que ceux-ci, à une centaine de mètres environ. Mais, comme les oiseaux vont beaucoup moins vite, les enfants se rapprochent d'eux. Et tandis que la mer efface au fur et à mesure les traces des pattes étoilées, les pas des enfants demeurent inscrits avec netteté dans le sable à peine humide, où les trois lignes d'empreintes continuent de s'allonger.

La profondeur de ces empreintes est constante : à peu près deux centimètres. Elles ne sont déformées ni par l'effondrement des bords ni par un trop grand enfoncement du talon, ou de la pointe. Elles ont l'air découpées à l'emporte-pièce dans une couche superficielle, plus meuble, du terrain.

Leur triple ligne ainsi se développe, toujours plus loin, et semble en même temps s'amenuiser, se ralentir, se fondre en un seul trait, qui sépare la grève en deux bandes, sur toute sa longueur, et qui se termine à un menu mouvement mécanique, là-bas, exécuté comme sur place : la descente et la remontée alternative de six pieds nus.

Cependant à mesure que les pieds

nus s'éloignent, ils se rapprochent des oiseaux. Non seulement ils gagnent rapidement du terrain, mais la distance relative qui sépare les deux groupes diminue encore beaucoup plus vite, comparée au chemin déjà parcouru. Il n'y a bientôt plus que quelques pas entre eux...

Mais, lorsque les enfants paraissent enfin sur le point d'atteindre les oiseaux, ceux-ci tout à coup battent des ailes et s'envolent, l'un d'abord, puis deux, puis dix... Et toute la troupe, blanche et grise, décrit une courbe au-dessus de la mer pour venir se reposer sur le sable et se remettre à l'arpenter, toujours dans le même sens, juste à la limite des vagues, à une centaine de mètres environ.

A cette distance, les mouvements de l'eau sont quasi imperceptibles, si ce n'est par un changement soudain de couleur, toutes les dix secondes, au moment où l'écume éclatante brille au soleil.

Sans s'occuper des traces qu'ils continuent de découper, avec précision, dans le sable vierge, ni des petites vagues sur leur droite, ni des oiseaux, tantôt volant, tantôt marchant, qui les précèdent, les trois enfants blonds s'avancent côte à côte, d'un pas égal et rapide, se tenant par la main.

Leurs trois visages hâlés, plus foncés que les cheveux, se ressemblent. L'expression en est la même : sérieuse, réfléchie, préoccupée peut-être. Leurs traits aussi sont identiques, bien que, visiblement, deux de ces enfants soient des garçons et le troisième une fille. Les cheveux de la fille sont seulement un peu plus longs, un peu plus bouclés, et ses membres à peine un peu plus graciles. Mais le costume est tout à fait le même : culotte courte et chemisette, l'une et l'autre en grosse toile d'un bleu délavé.

La fille se trouve à l'extrême droite,

du côté de la mer. A sa gauche, marche celui des deux garçons qui est légèrement plus petit. L'autre garçon, le plus proche de la falaise, a la même taille que la fille.

Devant eux s'étend le sable jaune et uni, à perte de vue. Sur leur gauche se dresse la paroi de pierre brune, presque verticale, où aucune issue n'apparaît. Sur leur droite, immobile et bleue depuis l'horizon, la surface plate de l'eau est bordée d'un ourlet subit, qui éclate aussitôt pour se répandre en mousse blanche.

Puis, dix secondes plus tard, l'onde qui se gonfle creuse à nouveau la même dépression, du côté de la plage, dans un bruissement de graviers roulés.

La vaguelette déferle ; l'écume laiteuse gravit à nouveau la pente, regagnant les quelques décimètres de terrain perdu. Pendant le silence qui suit, de très lointains coups de cloche résonnent dans l'air calme.

« Voilà la cloche », dit le plus petit des garçons, celui qui marche au milieu.

Mais le bruit des graviers que la mer aspire couvre le trop faible tintement. Il faut attendre la fin du cycle pour percevoir à nouveau quelques sons, déformés par la distance.

« C'est la première cloche », dit le plus grand.

La vaguelette déferle, sur leur droite.

Quand le calme est revenu, ils n'entendent plus rien. Les trois enfants blonds marchent toujours à la même cadence régulière, se tenant tous les trois par la main. Devant eux, la troupe d'oiseaux qui n'était plus qu'à quelques enjambées, gagnée par une brusque contagion, bat des ailes et prend son vol.

Ils décrivent la même courbe au-dessus de l'eau, pour venir se reposer sur le sable et se remettre à l'arpen-

ter, toujours dans le même sens, juste
à la limite des vagues, à une centaine
de mètres environ.

« C'est peut-être pas la première,
reprend le plus petit, si on n'a pas
entendu l'autre, avant...

— On l'aurait entendue pareil »,
répond son voisin.

Mais ils n'ont pas, pour cela, mo-
difié leur allure ; et les mêmes empreintes, derrière eux, continuent de
naître, au fur et à mesure, sous leurs
six pieds nus.

« Tout à l'heure, on n'était pas si
près », dit la fille.

Au bout d'un moment, le plus
grand des garçons, celui qui se trouve
du côté de la falaise, dit :

« On est encore loin. »

Et ils marchent ensuite en silence
tous les trois.

Ils se taisent ainsi jusqu'à ce que
la cloche, toujours aussi peu distincte,

résonne à nouveau dans l'air calme. Le plus grand des garçons dit alors : « Voilà la cloche. » Les autres ne répondent pas.

Les oiseaux, qu'ils étaient sur le point de rattraper, battent des ailes et s'envolent, l'un d'abord, puis deux, puis dix...

Puis toute la troupe est de nouveau posée sur le sable, progressant le long du rivage, à cent mètres environ devant les enfants.

La mer efface à mesure les traces étoilées de leurs pattes. Les enfants, au contraire, qui marchent plus près de la falaise, côte à côte, se tenant par la main, laissent derrière eux de profondes empreintes, dont la triple ligne s'allonge parallèlement aux bords, à travers la très longue grève.

Sur la droite, du côté de l'eau immobile et plate, déferle, toujours à la même place, la même petite vague.

(1956.)

73

un texte immobile

DANS LES COULOIRS
DU METROPOLITAIN

1. — *L'escalier mécanique*

Un groupe, (immobile,) tout en bas
du long escalier gris-fer, dont les marches l'une après l'autre affleurent, au
niveau de la plate-forme d'arrivée, et
disparaissent une à une dans un bruit
de machinerie bien huilée, avec une
régularité pourtant pesante, et sacca-
dée en même temps, qui donne l'impression d'assez grande vitesse à cet
endroit où les marches disparaissent
l'une après l'autre sous la surface
horizontale, mais qui semble au con-

traire d'une lenteur extrême, ayant
d'ailleurs perdu toute brusquerie, pour
le regard qui, descendant la série des
degrés successifs, retrouve, tout en bas
du long escalier rectiligne, comme à
la même place, le même groupe dont
la posture n'a pas varié d'une ligne,
un groupe immobile, debout sur les
dernières marches, qui vient à peine
de quitter la plate-forme de départ,
s'est figé aussitôt pour la durée du
parcours mécanique, s'est arrêté tout
d'un coup, en pleine agitation, en
pleine hâte, comme si le fait de met-
tre les pieds sur les marches mou-
vantes avait soudain paralysé les corps,
l'un après l'autre, dans des poses à
la fois détendues et rigides, en sus-
pens, marquant la halte provisoire au
milieu d'une course interrompue, tandis que l'escalier entier poursuit sa
montée, s'élève avec régularité d'un
mouvement uniforme, rectiligne, lent,
presque insensible, oblique par rapport aux corps verticaux.

Ces corps sont au nombre de cinq,

groupés sur trois ou quatre marches
de hauteur, dans la moitié gauche de
celles-ci, à proximité plus ou moins
grande de la rampe, qui se déplace,
elle aussi, du même mouvement, mais
rendu plus insensible encore, plus douteux, par la forme même de cette
rampe, simple ruban épais de caout-
chouc noir, à la surface unie, aux deux
bords rectilignes, sur lequel aucun re-
père ne permet de déterminer la vitesse, sinon les deux mains qui se
trouvent posées dessus, à un mètre
environ l'une de l'autre, tout en bas
de l'étroite bande oblique dont la fixité
partout ailleurs semble évidente, et
qui progressent d'une façon continue,
sans à-coup, en même temps que l'ensemble du système.

La plus élevée de ces deux mains
est celle d'un homme en complet gris,
un gris assez pâle, incertain, jaunâtre
sous la lumière jaune, qui se tient
seul sur une marche, en tête du groupe,
le corps très droit, les jambes jointes,
le bras gauche ramené vers la poitrine

et la main tenant un journal plié en
quatre, sur lequel se penche le visage
d'une façon qui paraît un peu exces-
sive, tant est forte la flexion du cou
vers l'avant, avec pour principal effet
d'exposer bien en vue, à la place du
front et du nez, le dessus du crâne
et son importante calvitie, large rond
d'un cuir chevelu rose et brillant que
barre transversalement une mèche lâche, sans épaisseur, de cheveux roux
collés à la peau.

Mais le visage tout d'un coup se
relève, vers le haut de l'escalier, mon-
trant le front, le nez, la bouche, l'ensemble des traits, d'ailleurs dépourvus
d'expression, et demeure ainsi quelques instants, plus longtemps certes
qu'il ne serait nécessaire pour s'as-
surer que la montée, encore loin de
prendre fin, permet de poursuivre la
lecture de l'article commencé, ce que
le personnage se décide enfin à faire,
rabaissant brusquement la tête, sans
que sa physionomie, maintenant de
nouveau cachée, ait indiqué par un

signe quelconque le genre d'attention prêtée un moment au décor, qui n'a peut-être même pas été aperçu par ces yeux grands ouverts et fixes, au regard vide. A leur place, dans la même position qu'au début, se retrouve le crâne rond avec sa zone chauve au milieu.

Comme si l'homme, au milieu de sa lecture retrouvée, pensait alors soudain à cet immense escalier vide, rectiligne, qu'il vient de contempler sans le voir, et qu'il veuille par une sorte de réflexe, retardé, regarder aussi en arrière, pour savoir si une semblable solitude s'étend dans cette direction-là, il se retourne, aussi brusquement qu'il a levé le visage tout à l'heure et sans plus bouger le reste du corps. Il peut ainsi constater que quatre personnes se tiennent derrière lui, immobiles, s'élevant sans à-coup à la même vitesse que lui, qui reprend aussitôt sa posture primitive et la lecture de son journal. Les autres voyageurs n'ont pas bronché.

Au second rang, après une marche
vide, viennent une femme et un enfant. La femme est située exactement
derrière l'homme au journal, mais elle
n'a pas posé sa main droite sur la
rampe : son bras pend le long du
corps, portant quelque sac, ou filet à
provision, ou paquet de forme arrondie, dont la masse brunâtre dépasse
à peine, sur le côté, le pantalon gris
de l'homme, ce qui empêche de préciser sa nature exacte. La femme n'est
ni jeune ni vieille ; son visage a l'air
fatigué. Elle est vêtue d'un imper-
méable rouge, coiffée d'un foulard ba-
riolé noué sous le menton. A sa gauche, l'enfant, un garçon d'une dizaine
d'années qui porte un chandail à col
montant et un étroit pantalon de toile
bleue, garde la tête à demi renversée
sur l'épaule, la figure levée vers sa
droite, vers le profil de la femme, ou
bien, légèrement en avant, vers le mur
nu, uniformément revêtu de petits
carreaux rectangulaires en céramique
blanche, qui défile régulièrement au-

dessus de la rampe, entre la femme et l'homme au journal.

Passent ensuite, toujours à la même vitesse, sur ce fond blanc, brillant, découpé en innombrables petits rectangles, tous identiques et rangés en bon ordre, aux joints horizontaux continus, aux joints verticaux alternés, deux silhouettes d'hommes en complets-vestons de couleurs sombres, le premier placé derrière la femme en rouge, deux marches plus bas, tenant sa main droite posée sur la rampe, puis, après trois marches vides, le second, placé derrière l'enfant, sa tête n'arrivant guère plus haut que les sandales à lanières de celui-ci, c'est-à-dire un peu au-dessous des genoux marqués à l'arrière du pantalon bleu par de multiples plis horizontaux froissant la toile.

Et le groupe rigide continue de monter, la pose de chacun demeurant immuable comme leurs positions respectives. Mais, l'homme de tête s'étant détourné pour regarder en arrière, le dernier, qui sans doute se demande l'objet de cette attention anormale, se retourne à son tour. Il aperçoit seulement la longue série des degrés descendants successifs et, tout en bas de l'escalier rectiligne, gris-fer, un groupe immobile, debout sur les dernières marches, qui vient à peine de quitter la plate-forme de départ et s'élève du même mouvement lent et sûr, et reste toujours à la même distance.

II. — *Un souterrain*

Une foule clairsemée de gens pressés, marchant tous à la même vitesse,
longe un couloir dépourvu de passages
transversaux, limité d'un bout comme
de l'autre par un coude, obtus, mais
qui masque entièrement les issues ter-
minales, et dont les murs sont garnis,
à droite comme à gauche, par des af-
fiches publicitaires toutes identiques se
succédant à intervalles égaux. Elles
représentent une tête de femme, presque aussi haute à elle seule qu'une

des personnes de taille ordinaire qui
défilent devant elle, d'un pas rapide,
sans détourner le regard.

Cette figure géante, aux cheveux
blonds bouclés, aux yeux encadrés de
cils très longs, aux lèvres rouges, aux
dents blanches, se présente de trois
quarts, et sourit en regardant les passants qui se hâtent et la dépassent l'un
après l'autre, tandis qu'à côté d'elle,
sur la gauche, une bouteille de bois-
son gazeuse, inclinée à quarante-cinq
degrés, tourne son goulot vers la bouche entrouverte. La légende est ins-
crite en écriture cursive, sur deux lignes : le mot « encore » placé au-
dessus de la bouteille, et les deux
mots « plus pure » au-dessous, tout
en bas de l'affiche, sur une oblique
légèrement montante par rapport au
bord horizontal de celle-ci.

Sur l'affiche suivante se retrouvent
les mêmes mots à la même place, la
même bouteille inclinée dont le con-
tenu est prêt à se répandre, le même
sourire impersonnel. Puis, après un

espace vide couvert de céramique blanche, la même scène de nouveau, figée
au même instant où les lèvres s'ap-
prochent du goulot tendu et du liquide
sur le point de couler, devant laquelle
les mêmes gens pressés passent sans
détourner la tête, poursuivant leur chemin vers l'affiche suivante.

Et les bouches se multiplient, et les
bouteilles, et les yeux grands comme
des mains au milieu de leurs longs
cils courbes. Et, sur l'autre paroi du
couloir, les mêmes éléments se repro-
duisent encore avec exactitude (à ceci
près que les directions du regard et du
goulot y sont interchangées), se succédant à intervalles constants de l'autre côté des silhouettes sombres des
voyageurs, qui continuent à défiler,
en ordre dispersé mais sans interrup-
tion, sur le fond bleu-ciel des panneaux, entre les bouteilles rougeâtres
et les visages roses aux lèvres disjoin-
tes. Mais, juste avant le coude, leur
passage est gêné par un homme arrêté,
à un mètre environ du mur de gau-

che. Le personnage est habillé d'un costume gris, de teinte peu franche, et tient dans la main droite qui pend le long de son corps un journal plié en quatre. Il est en train de contempler la paroi, aux environs d'un nez plus grand que tout son visage qui se trouve au niveau de ses propres yeux.

En dépit de la taille énorme du dessin et du peu de détails dont il s'orne, la tête du spectateur se penche en avant, comme pour mieux voir. Les passants doivent s'écarter un instant de leur trajectoire rectiligne afin de contourner cet obstacle inattendu ; presque tous passent derrière, mais quelques-uns, s'apercevant trop tard de la contemplation qu'ils vont interrompre, ou ne voulant pas se déranger pour si peu de leur route, ou ne se rendant compte de rien, s'avancent entre l'homme et l'affiche, dont ils interceptent alors le regard.

III. — *Derrière le portillon*

La foule est arrêtée par une double porte fermée, qui l'empêche d'accéder au quai de la station. L'escalier qui descend jusque-là est entièrement occupé par des corps serrés les uns contre les autres, si bien que seules les têtes sont visibles, ne laissant guère d'espaces libres entre elles. Toutes sont immobiles. Les visages sont figés, ne marquant ni le dépit, ni l'impatience, ni l'espoir.

Derrière le moutonnement des crânes, crânes d'hommes pour la plupart, sans chapeaux, aux cheveux courts et aux oreilles bien dégagées, qui descendent suivant la pente de l'escalier lui-même mais sans que demeure sensible la régularité des degrés successifs, se dresse la partie supérieure des portes, dépassant la dernière rangée de têtes d'une trentaine de centimètres. Les deux battants fermés ne laissent entre eux qu'un intervalle médiocre, à peine discernable. Ils se raccordent, l'un à droite, l'autre à gauche, à deux parties fixes très étroites sur lesquelles ils pivotent lors de l'ouverture. Mais, pour le moment, ces deux pivots et les deux panneaux fermés forment une paroi quasi continue qui interdit le passage, juste au ras de la dernière marche.

L'ensemble du système est peint en vert sombre, chacun des deux battants portant une grosse inscription blanche sur un fond rouge, rectangulaire, qui occupe presque toute sa largeur. Seule la première ligne de cette inscription,

« Portillon automatique », se trouve
placée au-dessus de la dernière rangée
de têtes, qui ne livre de la ligne suivante que des lettres isolées, entre les
oreilles des voyageurs.

Les crânes serrés qui descendent en
pente douce, les mots « Portillon automatique » répétés deux fois en travers du passage, puis, au-dessus, une
bande horizontale de peinture vert
sombre, laquée... Au-dessus encore,
l'espace est libre, jusqu'à la voûte en
demi-cercle par laquelle le plafond de
l'escalier se raccorde à la station pro-
prement dite, à l'extrémité de celle-ci,
dans son prolongement.

Dans cette ouverture en demi-cercle
apparaît ainsi un morceau de quai,
très réduit, et, tout en haut sur la
gauche, segment de cercle que sous-
tend la corde oblique constituée par
le bord du quai, un fragment plus
exigu encore du wagon arrêté contre
celui-ci.

Il s'agit d'une paroi de tôle verte,
sans doute tout en queue du train,

après le seuil de la dernière porte,
devant lequel piétinent les voyageurs
en attendant de pouvoir pénétrer dans
le wagon. Probablement quelque chose
les empêche-t-il de le faire aussi vite
qu'ils voudraient — voyageurs qui
descendent, ou trop grande affluence
à l'intérieur — car ils demeurent à
peu près immobiles, autant du moins
que l'on peut en juger par la faible
partie de leur personne qui se trouve
dans le champ visuel.

Sont seuls visibles, en effet, au-dessus du moutonnement des têtes et de
l'inscription sur le haut des portes closes, les chaussures et le bas des pantalons des hommes qui s'apprêtent à
monter en voiture, interrompus sous
le genou par la voûte en arc de cercle.

Les pantalons sont de teinte sombre. Les souliers sont noirs, poussié-
reux. De temps à autre l'un d'eux se
soulève à demi et se repose aussitôt
sur le sol, ayant avancé d'à peine un
centimètre, ou n'ayant pas avancé du
tout, ou même ayant un peu reculé.

Les souliers voisins, devant et derrière, exécutent, à la suite, des mouvements analogues, dont le résultat est aussi peu sensible. Et tout se stabilise de nouveau. Plus bas, immobiles également, après la coupure de tôle peinte portant les mots « Portillon automatique », viennent les têtes aux cheveux courts, aux oreilles bien dégagées, aux visages inexpressifs.

(1959.)

LA CHAMBRE SECRETE

A Gustave MOREAU.

C'est d'abord une tache rouge, d'un
rouge vif, brillant, mais sombre, aux
ombres presque noires. Elle forme une
rosace irrégulière, aux contours nets,
qui s'étend de plusieurs côtés en larges
coulées de longueurs inégales, se divi-
sant et s'amenuisant ensuite jusqu'à
devenir de simples filets sinueux. L'ensemble se détache sur la pâleur d'une
surface lisse, arrondie, mate et comme
nacrée à la fois, un demi-globe rac-
cordé par des courbes douces à une
étendue de même teinte pâle — blan-

97

ambiguité

cheur atténuée par l'ombre du lieu :
cachot, salle basse, ou cathédrale —
resplendissant d'un éclat diffus dans
la pénombre.

Au-delà, l'espace est occupé par les
fûts cylindriques des colonnes qui se
multiplient et s'estompent progressivement, vers des profondeurs où se distingue l'amorce d'un vaste escalier de
pierre, qui monte en tournant un peu,
de plus en plus étroit à mesure qu'il
s'élève, vers les hautes voûtes parmi
lesquelles il disparaît.

Tout ce décor est vide, escaliers et
colonnades. Seul, au premier plan,
luit faiblement le corps étendu, sur
lequel s'étale la tache rouge — un
corps blanc dont se devine la matière
pleine et souple, fragile sans doute,
vulnérable. A côté du demi-globe en-
sanglanté, une autre rondeur identique, intacte celle-là, se présente au
regard sous un angle à peine différent ;
mais la pointe aréolée qui le couronne, de teinte plus foncée, est ici
tout à fait reconnaissable, alors que la

première est presque entièrement dé-
truite, ou masquée du moins par la
blessure.

Dans le fond, vers le haut de l'escalier, s'éloigne une silhouette noire,
un homme enveloppé d'un long manteau flottant, qui gravit les dernières
marches sans se retourner, son forfait
accompli. Une fumée légère monte en
volutes contournées d'une sorte de
brûle-parfum posé sur un haut pied
de ferronnerie aux reflets d'argent.
Tout près repose le corps laiteux où
de larges filets de sang coulent du
sein gauche, le long du flanc et sur la
hanche.

C'est un corps de femme aux formes
pleines, mais sans lourdeur, entièrement nu, couché sur le dos, le buste
à demi soulevé par d'épais coussins
jetés à même le sol, que recouvrent
des tapis aux dessins orientaux. La
taille est très étroite, le cou mince et
long, courbé de côté, la tête rejetée en
arrière dans une zone plus obscure où
se devinent pourtant les traits du vi-

sage, la bouche entrouverte, les grands yeux ouverts, brillant d'un éclat fixe, et la masse des cheveux longs, noirs, répandus en ondulations au désordre très composé sur une étoffe aux plis lourds, un velours peut-être, sur lequel reposent aussi le bras et l'épaule.

C'est un velours uni, violet sombre, ou qui semble tel sous cet éclairage. Mais le violet, le brun, le bleu, paraissent aussi dominer dans les teintes des coussins — dont l'étoffe de velours ne cache qu'une faible part et qui dépassent plus bas largement sous le buste et sous la taille — ainsi que dans les dessins orientaux des tapis sur le sol. Plus loin, ces mêmes couleurs se retrouvent encore dans la pierre elle-même des dalles et des colonnes, les arcs des voûtes, l'escalier, les surfaces plus incertaines où se perdent les limites de la salle.

Il est difficile de préciser les dimensions de celle-ci ; la jeune femme sacrifiée semble au premier abord y occuper une place importante, mais les vastes proportions de l'escalier qui descend jusqu'à elle indiqueraient au contraire qu'il ne s'agit pas là de la salle entière, dont l'étendue considérable doit en réalité se prolonger de toute part, à droite et à gauche, comme vers ces lointains bruns et bleus où s'alignent les colonnes, dans tous les sens, peut-être vers d'autres sofas, tapis épais, amoncellements de coussins et d'étoffes, d'autres corps suppliciés, d'autres brûle-parfum.

Il est difficile aussi de dire d'où vient la lumière. Aucun indice, sur les colonnes ou sur le sol, ne donne la direction des rayons. Il n'y a d'ailleurs aucune fenêtre visible, aucun flambeau. C'est le corps laiteux lui-même qui semble éclairer la scène, la gorge aux seins gonflés, la courbe des hanches, le ventre, les cuisses pleines, les jambes étendues, largement ouvertes, et la toison noire du sexe exposé, provocant, offert, désormais inutile.

L'homme s'est éloigné déjà de quelques pas. Il est maintenant déjà sur

les premières marches de l'escalier
qu'il s'apprête à gravir. Les marches
inférieures sont longues et larges,
comme les degrés menant à quelque
édifice, temple ou théâtre ; elles dimi-
nuent ensuite progressivement à mesure qu'elles s'élèvent, et amorcent en
même temps un ample mouvement
d'hélice, si atténué que l'escalier n'a
pas encore accompli une demi-révolu-
tion au moment où, réduit à un étroit
et raide passage sans garde-fou, plus
incertain d'ailleurs dans l'obscurité qui
s'épaissit, il disparaît vers le haut des
voûtes.

Mais l'homme ne regarde pas de
ce côté, où vont cependant le porter
ses pas ; le pied gauche sur la seconde
marche et le droit déjà posé sur la troisième, genou plié, il s'est retourné
pour contempler une dernière fois le
spectacle. Le long manteau flottant
qu'il a jeté hâtivement sur ses épaules,
et qu'il retient d'une main à hauteur
de la taille, a été entraîné par la rota-
tion rapide qui vient de ramener la

tête et le buste dans la direction op-
posée à sa marche, un pan d'étoffe
soulevé en l'air comme sous l'effet
d'un coup de vent ; le coin, qui s'en-
roule sur lui-même en un S assez lâche,
laisse voir la doublure de soie rouge
à broderies d'or.

Les traits de l'homme sont impas-
sibles, mais tendus, comme dans l'at-
tente — la crainte peut-être — de
quelque événement soudain, ou plutôt
surveillant d'un dernier coup d'œil
l'immobilité totale de la scène. Bien
qu'il regarde ainsi en arrière, tout son
corps est resté légèrement penché vers
l'avant, comme s'il poursuivait encore
son ascension. Le bras droit — celui
qui ne retient pas le bord du manteau — est à demi tendu vers la
gauche, vers un point de l'espace où
devrait se trouver la rampe si cet escalier en comportait une, geste interrompu, à peu près incompréhensible, à
moins qu'il ne s'agisse là que d'une
ébauche instinctive pour se retenir à
l'appui absent.

Quant à la direction du regard, elle indique avec certitude le corps de la victime qui gît sur les coussins, ouverte, les membres étendus en croix, le buste un peu soulevé, la tête rejetée en arrière. Mais peut-être le visage est-il caché aux yeux de l'homme par une des colonnes, qui se dresse au bas des marches. La main droite de la jeune femme touche le sol juste au pied de celle-ci. Un épais bracelet de fer enserre le poignet fragile. Le bras est presque dans l'ombre, la main seule recevant assez de lumière pour que les doigts fins, écartés, soient nettement visibles contre le renflement circulaire qui sert de base au fût de pierre. Une chaîne en métal noir l'entoure et passe dans un anneau dont est muni le bracelet, liant ainsi étroitement le poignet à la colonne.

A l'autre extrémité du bras, une épaule ronde, soulevée par les coussins, est, elle aussi, bien éclairée, ainsi que le cou, la gorge et l'autre épaule, l'aisselle avec son duvet, le bras gauche également tendu en arrière et le poignet fixé de la même façon à la base d'une autre colonne, toute proche au premier plan ; ici le bracelet de fer et la chaîne sont en pleine évidence, dessinés avec une netteté parfaite dans leurs moindres détails.

Il en va de même, au premier plan encore mais de l'autre côté, pour une chaîne semblable, bien qu'un peu moins grosse, qui emprisonne directement la cheville, en fait deux fois le tour et l'immobilise contre un fort anneau scellé au sol. A un mètre environ en arrière, ou à peine plus, le pied droit se trouve enchaîné d'une manière identique. Mais c'est le gauche et sa chaîne qui sont représentés avec le plus de précision.

Le pied est petit, délicat, modelé avec finesse. La chaîne par endroit a écrasé la chair, y creusant des dépressions sensibles quoique de faible étendue. Les maillons sont de forme ovale, épais, de la taille d'un œil. L'anneau ressemble à ceux qui servent à atta-

cher les chevaux ; il est presque couché sur la dalle de pierre à laquelle
il est fixé par un piton massif. Le
bord d'un tapis commence quelques
centimètres plus loin ; il se soulève
ici sous l'effet d'un plissement, provo-
qué sans doute par les mouvements
convulsifs, bien que forcément très li-
mités, de la victime, quand elle a
essayé de se débattre.

L'homme est encore à demi-penché
sur elle, debout à un mètre de distance. Il contemple son visage renversé, les yeux sombres agrandis par
le fard, la bouche grande ouverte
comme si elle était en train de hurler.
La position de l'homme ne laisse voir
de sa propre figure qu'un profil perdu,
mais que l'on devine en proie à une
exaltation violente en dépit de l'attitude rigide, du silence, de l'immobilité. Le dos est un peu voûté. La
main gauche, seule visible, tient assez
loin du corps une pièce d'étoffe, quelque vêtement de teinte foncée, qui
traîne jusque sur le tapis, et qui doit

être la longue cape à doublure brodée
d'or.

Cette silhouette massive masque en
grande partie la chair nue où la tache
rouge, qui s'est répandue sur l'arrondi
du sein, coule en longs filets qui se
ramifient en s'amenuisant, sur le fond
pâle du torse et de tout le côté. L'un
d'entre eux a atteint l'aisselle et trace
une fine ligne presque droite le long
du bras ; d'autres ont descendu vers
la taille et dessiné sur un côté du ventre, la hanche, le haut de la cuisse,
un réseau plus hasardeux qui déjà se
fige. Trois ou quatre veinules se sont
avancées jusqu'au creux de l'aine et
réunies en un trait sinueux, qui re-
joint la pointe du V formé par les
jambes ouvertes, et se perd dans la
toison noire.

Voilà, maintenant la chair est encore intacte : la toison noire et le ventre blanc, la courbe molle des hanches,
la taille étroite et, plus haut, les seins
nacrés qui se soulèvent au gré d'une
respiration rapide, dont maintenant le

rythme se précipite encore. L'homme, tout contre elle, un genou en terre, se penche davantage. La tête aux longs cheveux bouclés, qui seule a conservé quelque liberté de mouvement, s'agite, se débat ; enfin la bouche de la fille s'ouvre et se tord, tandis que la chair cède, le sang jaillit sur la peau tendre, tendue, les yeux noirs au fard savant s'agrandissent de façon démesurée, la bouche s'ouvre encore plus, la tête va de droite et de gauche, avec violence, une dernière fois, puis plus doucement, pour à la fin retomber en arrière et s'immobiliser, dans la masse des cheveux noirs répandus sur le velours.

Tout en haut de l'escalier de pierre, la petite porte est ouverte, laissant entrer une lumière jaune mais soutenue, sur laquelle se détache à contre-jour la silhouette sombre de l'homme enveloppé dans sa longue cape. Il n'a plus que quelques marches à gravir pour atteindre le seuil.

Ensuite, tout le décor est vide, l'im-

mense salle aux ombres violettes avec
ses colonnes de pierre qui se multiplient de tous côtés, l'escalier monu-
mental sans garde-fou qui monte en
tournant, plus étroit et plus incertain
à mesure qu'il s'élève dans l'obscurité,
vers le haut des voûtes où il se perd.

Près du corps dont la blessure s'est
figée, dont l'éclat déjà s'atténue, la
fumée légère du brûle-parfum dessine
dans l'air calme des volutes compli-
quées : c'est d'abord une torsade cou-
chée sur la gauche, qui se relève ensuite et gagne un peu de hauteur, puis
revient vers l'axe de son point de
départ, qu'elle dépasse même sur la
droite, repart de nouveau dans l'autre sens, pour revenir encore, traçant
ainsi une sinusoïde irrégulière, de plus
en plus amortie, qui monte, vertica-
lement, vers le haut de la toile.

(1962.)

TABLE DES MATIÈRES

CET OUVRAGE A ÉTÉ ACHEVÉ D'IM-
PRIMER LE VINGT-QUATRE NOVEMBRE
MIL NEUF CENT SOIXANTE QUINZE SUR
LES PRESSES DE L'IMPRIMERIE DE LA
MANUTENTION, A MAYENNE, ET
INSCRIT DANS LES REGISTRES DE
L'ÉDITEUR SOUS LE NUMÉRO 1149

Imprimé en France

1149